Joseph Tassé

F.X. Aubry

Antigonos

Joseph Tassé

F.X. Aubry

Réimpression inchangée de l'édition originale de 1871.

1ère édition 2024 | ISBN: 978-3-38813-060-6

Antigonos Verlag est une marque de Outlook Verlagsgesellschaft mbH.

Verlag (Éditeur): Outlook Verlag GmbH, Zeilweg 44, 60439 Frankfurt, Deutschland, info@outlook-verlag.de
Vertretungsberechtigt (Représentant autorisé): E. Roepke, Zeilweg 44, 60439 Frankfurt, Deutschland
Druck (Imprimerie): Libri Plureos GmbH, Friedensallee 273, 22763 Hamburg, Deutschland

F. X. AUBRY

PAR

JOSEPH TASSÉ.

MONTRÉAL
EUSÈBE SENÉCAL, IMPRIMEUR, RELIEUR ET ÉDITEUR
Rue St Vincent, Nos 6, 8 et 10.
1871

LES CANADIENS DE L'OUEST.

F. X. AUBRY.[1]

1

Maskinongé est l'une des paroisses les plus antiques du district des Trois-Rivières. Son site est embelli par la nature et une rivière aux capricieux méandres roule ses flots à travers cette pittoresque localité. La population y est saine, laborieuse, attachée au sol de ses aïeux et on voit fleurir au milieu de ces robustes rejetons des premiers colons du pays toutes les vertus et qualités qui sont l'apanage traditionnel de nos classes rurales.

Les Aubry comptent au nombre des premiers habitants de Maskinongé. Ils étaient originaires d'Abbeville en France et portaient un surnom, à l'instar de grand nombre de nos familles canadiennes, celui de Francœur. Le père de notre héros était un brave cultivateur de l'endroit, et sa mère avait pour nom Magdeleine Lupien. L'abondance ne régnait pas sous leur modeste toit,

---

[1] M. l'abbé Blois, curé de Maskinongé et archéologue distingué, m'a été fort utile dans la préparation de ce travail et mes meilleurs remercîments sont dûs également à M. P. A. Senécal, ci-devant marchand de cette ville, et qui a passé plus de quinze ans dans le Missouri et le Nouveau-Mexique. Il a connu intimement notre héros et je lui dois une foule de renseignements sans lesquels ce travail n'aurait pu être complet. Chaque fois que j'ai pu contrôler ses informations, j'ai constaté qu'elles avaient tout le caractère de véracité voulu.

mais le bonheur qui rarement répand ses rayons dorés sur les opulents, semblait vouloir les dédommager des caprices du sort; se contentant de peu, liés par les attaches inséparables de l'amour conjugal, les heureux époux luttaient de concert pour subvenir aux nécessités de la vie.

Leur mariage fut béni par la naissance de plusieurs enfants dont le plus remarquable fut François-Xavier Aubry, qui vit le jour à Maskinongé, le 4 décembre 1824. De bonne heure, ce dernier fut mis à l'école et il apprit en peu de temps à lire, écrire et à connaître les premières règles de l'arithmétique. Le défaut de ressources pécuniaires ne permit pas à cette jeune intelligence de s'épanouir rapidement en pénétrant les secrets de la science et après avoir cueilli quelques bribes de connaissances, à douze ou treize ans, Aubry servit comme commis au service d'un nommé Clément, marchand à Maskinongé. Son activité commerciale ne tarda pas à se manifester et il passa du magasin de M. Clément à celui de M. Louis Marchand, à St. Jean, où il demeura trois ans.

Le père d'Aubry occupait une terre dans la concession de l'Ormière, Maskinongé, mais la pénurie le força vers cette époque de la vendre à un nommé Louis Paquet et d'aller chercher refuge au milieu des nouveaux défrichements du Saint Maurice, où il y avait encore pour le colon, beaucoup de souffrances à endurer et de privations à subir. Aubry, profondément affligé de voir l'aliénation de l'humble patrimoine de famille, conçut le hardi projet de s'expatrier pour venir en aide à ses bons parents et chercher fortune aux Etats-Unis. Il partit inopinément, le gousset vide, mais le cœur plein de courage et confiant dans son étoile. Après beaucoup de mésaventures, il parvint à atteindre St. Louis, Missouri, où il fut employé comme commis par M.M. Moïse Lamoureux et Elzéar Blanchard, deux compatriotes établis depuis quelque temps dans cette ville. M. Lamoureux demeure encore à St. Louis, mais M. Blanchard est revenu au pays et il est aujourd'hui marchand à Belœil.

Peu après son arrivée à St. Louis, Aubry eut la douleur d'apprendre la mort prématurée de son père et la détresse profonde de sa famille, qui avait perdu son principal soutien. Doué d'un cœur vraiment filial, il envoya ses premières épargnes à ses parents afin d'adoucir leur infortune. En octobre 1846, il se rendit à Galena, sur le Mississipi, puis il alla visiter la chute St. Antoine, St. Pierre, la Prairie du Chien et le haut du Mississipi dans l'espoir de trouver un lieu favorable pour tenter fortune. Partout, il rencontra de nombreux compatriotes dispersés aux avants-postes de la civilisation dans ces lointaines solitudes et heureux d'apprendre des nouvelles de la patrie absente. Il séjourna durant quelques mois à un endroit où il fit des affaires assez lucratives, mais comme il ne pouvait satisfaire ce besoin d'activité qui le dévorait et dont toute sa vie est un exemple incessant, il revint à St. Louis dans le but d'aller faire le commerce avec les habitants du Nouveau-Mexique.

Il obtint des effets sur crédit de la maison Lamoureux et Blanchard et d'autres établissements mercantiles au montant de $6,000 et il organisa une caravane pour se rendre à Santa-fé, capitale du nouveau territoire américain. Il fallait pour parcourir ce trajet franchir des centaines de milles en vagons trainés par des mulets et bœufs, qui chargés de lourdes marchandises, se mouvaient fort lentement. Ce vaste espace se composait de prairies couvertes d'herbes hautes qui s'étendaient à perte de vue et de plaines immenses sablonneuses, rappelant les déserts africains et où l'on s'exposait beaucoup à souffrir du manque d'herbe et d'eau Des milliers de sauvages appartenant aux peuplades les plus variées rodaient partout dans cette solitude. Aussi cruels que rapaces, lorsqu'ils se sentaient plus forts que la caravane solitaire, ils descendaient des montagnes qui leur servaient de repaires pour fondre sur les voyageurs, dérober leurs animaux et les détrousser. Les Comanches surtout étaient terribles et ils s'appliquaient à voler les mules alors, qu'après les fatigues de la journée, elles paissaient dans la prairie. Aussi presque tous les sauvages étaient possesseurs chacun de plusieurs cents mules qu'ils avaient enlevées aux trafiquants. Des luttes sanglantes s'engageaient avec ces hordes de brigands. Souvent repoussés, les sauvages revenaient à la charge avec de nouvelles forces et ils ont réussi à scalper la chevelure sanglante de plus d'un de nos compatriotes que l'on retrouve toujours au premier rang dans ces entreprises aventureuses.

Aubry connaissait parfaitement les mille dangers auxquels il s'exposait, mais rien ne put l'empêcher de mettre son audacieux projet à exécution. Doué d'une âme ardente, d'une constitution de fer, d'un tempérament à toute épreuve, la nature de son caractère chevaleresque le portait vers ces courses dangereuses, où il semblait se complaire à affronter la mort et à déjouer les piéges que des ennemis sans cesse aux aguets devaient lui tendre. C'est au fort Independance, sur le Mississipi, que commence le voyage des prairies. Les premiers cent-cinquante milles comprennent le pays des Shawnees, Caws et autres sauvages amis. De Council Grove à Fort Union s'étendent d'immenses prairies, où rodent les Comanches, les Apaches, les Arrapohoes, les Cheyennes, les Pawnees, les Kiowraks et autres tribus sauvages, et où passent d'énormes troupeaux de bisons et d'antilopes qui se rassemblent en des masses compactes. Le terrain est généralement plat et la vue embrasse d'immenses étendues sans horizon et rarement accidentées ; les bouquets de bois sont à-peu-près inconnus, à part quelques touffes d'arbrisseaux le long des rivières, qui diversifient ce tableau monotone. L'eau est rare durant tout ce parcours. De Fort Union à Santa-fé, le pays est en partie montagneux et l'on y trouve des habitations clair-semées, il est couvert d'un bois inférieur et assez bien arrosé.

Voici une belle description des prairies dont on va souvent parler et qui est de la plume élégante de Mgr. Taché :

" Au chasseur de bison, la prairie est un pays à nul autre pareil, c'est là qu'est son empire d'hiver comme d'été ; c'est là qu'il éprouve un bonheur véritable à lancer son rapide coursier à la poursuite d'une proie naguère encore si abondante et si facile. C'est là que, sans obstacle pour ainsi dire et sans travail, il trace des routes, franchit des espaces et jouit d'un spectacle souvent grandiose, quoique un peu monotone.

" Vue à la saison des fleurs, elle est vraiment belle, la prairie, puisque, sur son fond de verdure, elle est toute émaillée de couleurs diverses. C'est un riche tapis dont les nuances variées semblent disposées par des mains d'artistes ; c'est une mer qui, au moindre souffle, ondule ses flots odoriférants. Cette prairie, quelquefois si unie qu'elle semble un horizon artificiel, s'accidente tout à coup pour former la prairie ondulée (*rolling prairies*). Sa beauté alors augmente ; mille petits tertres s'élèvent d'ici, de là, et donnent, dans leur variété presque régulière, l'idée des ondulations de l'Océan au milieu d'une grande tempête.

" Il semble que la main puissante du Dominateur des mers, pour se rire de la fureur des flots, les a saisis dans leur soulèvement et par un ordre absolu, les a transformés en une terre solide. Sur plusieurs points, des blocs erratiques, vus dans le lointain au sommet des dunes ou des tertres, semblent l'écume pétrifiée de ces ondes moutonnantes. Ailleurs la prairie est plantée de massifs, parsemée de lacs aux contours aussi agréables que variés : là sont des bassins que l'on dirait être des réservoirs destinés à faire jouer les grandes eaux, et dont les falaises portent l'empreinte visible des différents niveaux que l'Artiste suprême a assignés à ces étangs desséchés. A part la beauté âpre et sauvage des grandes montagnes, à part la vue d'une grande nappe d'eau, baignant une belle rade le tout en dehors de ce que l'art a ajouté à la beauté naturelle, il est difficile d'imaginer quelque chose de plus beau, du moins de plus

joli, de plus gracieux que certains points des prairies accidentées.
On se croirait facilement dans un parc immense dont le riche pro-
priétaire aurait mis à contribution le talent le plus expérimenté.
Au milieu de ces touffes, de ces bosquets, de la riche verdure, de
fleurs variées, de lacs sans nombre, on se demande où est le maître
à qui appartiennent ces troupeaux nombreux qui paissent tran-
quilles dans le lointain ? Qui a apprivoisé cette gazelle si légère,
si gracieuse, qui semble venir saluer nos voyageurs, que la crainte
écarte, que la curiosité ramène ? Ces bandes de loups qui se jouent
autour de vous, qui aboient, hurlent et sifflent tour à tour, sont-
elles la meute impatiente qui attend le signal pour s'élancer à la
poursuite du gibier ? Puis, à l'automne, quelle variété, quelle quantité d'oiseaux aquatiques couvrent tous ces lacs ! Des canards s'y
jouent par milliers ; le cygne, cet habitué de toutes les belles
pièces d'eau artificielles, est là, flottant avec une majestueuse né-
gligence et roucoulant son chant mystérieux. Oh! oui, elle est
belle, la prairie !¹"

La première expédition d'Aubry lui porta chance. Rendu à mi-
chemin sur les plaines, après un voyage comparativement facile,
il fit rencontre d'une caravane mexicaine qui se rendait à St. Louis.
Plusieurs marchands de Santa-fé en formaient partie et ils lui
proposèrent d'acheter ses vagons, ses mules et toutes ses marchandises. Aubry se prêta à leurs offres et réussit à leur vendre
le tout en fesant un bénéfice net de $6,000. Tout fier de son pre-
mier succès, il revint immédiatement à St. Louis, liquida les
avances qui lui avaient été faites et obtint un stock de marchandises d'environ $10,000 qu'il alla vendre à Santa-fé. Après avoir
couru beaucoup de dangers et avoir échangé bien des balles avec
les féroces tribus des plaines, il atteignit la capitale du Nouveau
Mexique ² et ce voyage lui valut des recettes considérables.

1 *Esquisse sur le Nord-Ouest.* Page 10.

2 Santa-fé, ou *Santafé de San Francisco*, est la capitale du Nouveau Mexique.
En 1850, elle avait une population d'environ 5,000 âmes et elle a dû doubler
depuis. Comme dans toutes les localités mexicaines, les maisons sont construites
en *adobes* ou terre séchée au soleil et n'ont qu'un seul étage, quelques-unes seulement en ont deux. Suivant la mode presque universelle, les constructions sont
faites sous forme de carré, avec une cour dans le centre.
Comme toutes les villes espagnoles, Santa-fé est construite avec beaucoup de
régularité. Au milieu de la ville est un carré public ou *plaza* et chaque encoi-
gnure est le point de départ de ses grandes rues qui sont toutes à angle droit. La
plaza est le centre des affaires et la plupart des magasins comme quelques édifices
publics s'élèvent en face de cette place. Il y a dans la ville la cathédrale catholique, des écoles et un couvent sous la direction des Sœurs Grises qui font un
bien énorme parmi la population.

II

Comme il va être souvent question du Nouveau-Mexique dans le cours de ce récit, il ne sera pas inutile d'ouvrir ici une parenthèse et d'en parler brièvement, afin de faire connaître au lecteur un pays ignoré et si intimement lié à l'histoire de notre compatriote.

Ce territoire est enclavé entre la rivière Arkansas à l'est, et le Colorado à l'ouest ; le Texas et le Mexique le bornent au sud et le Kansas et l'Utah au nord ; il s'étend sur un rayon de 270,000 mille carrés. Il fut fondé par les Espagnols au seizième siècle et resta longtemps sous leur domination.

Avec la soif de l'or qui a toujours caractérisé ce peuple dans ses établissements sur le continent, après avoir conquis le pays sur les naturels, il négligea la culture pour exploiter les riches gisements aurifères du Nouveau-Mexique. Les conquérants firent peser leur joug sur les indiens qui tentèrent à diverses reprises de s'émanciper. Mais ils comprirent que pour conserver le pays il fallait le bien gouverner et ils changèrent de conduite à l'égard des aborigènes.

En 1837, une révolution formidable s'organisa contre le gouvernement. Les principaux partisans de l'administration furent massacrés, le gouverneur eut le même sort et sa tête servit de jouet aux insurgés. Le général Armijo trouva moyen de souffler le chaud et le froid, et après avoir fomenté l'insurrection, il prit fait et cause pour le gouvernement du Mexique, qui envoya des forces considérables pour dompter la rébellion. La tactique tortueuse d'Armijo lui réussit et il fut mis à la tête des affaires.

En 1846, la guerre éclata entre les États-Unis et le Mexique, à propos de la ligne de démarcation du Texas, et le gouvernement américain envoya une armée pour s'emparer du Nouveau Mexique. Le colonel Kearney prit possession du pays sans rencontrer de résistance et le drapeau étoilé flotta inopinément sur les pueblos mexicains. Une bonne partie des habitants étaient cependant opposés au gouvernement américain. Aussi, au mois de janvier 1847, une insurrection sanglante éclata parmi les mexicains qui massacrèrent le gouverneur Bent à Taos, beaucoup d'américains et autres étrangers établis dans le pays. La révolte fut supprimée après de sérieuses attaques, dans lesquelles se distingua le Capt. St. Vrain, un créole d'origine française d'une intrépidité remarquable.

Le Nouveau-Mexique fut ensuite organisé en territoire américain et n'a cessé depuis de former partie de la république, jouissant de toutes les prérogatives attachées à la forme gouvernementale qui appartient aux territoires des États Unis.

Ce pays est habité par une population indolente, les Mexicains, par des sauvages dont plusieurs tribus sont très-féroces, et par des étrangers qui seuls y sèment de la vie et de l'activité. Une partie du sol est inapte à la culture, mais des espaces fort étendus seraient fort productifs s'ils étaient exploités par une population industrieuse et dont l'outillage serait moins primitif. La terre est fort riche en minéraux et l'or y abonde.

La population est l'une des plus démoralisées que l'on puisse voir. Depuis la nomination de Mgr. Lamy comme évêque de Santa-fé, il s'opère cependant une réforme considérable parmi la société qui est presque toute catholique. Les couvents, orphelinats et autres institutions qu'il y a établies contribuent grandement à cette régénération morale.

Quelques années avant l'annexion du pays aux Etats-Unis, des commerçants hardis ont traversé les plaines, à l'instar des nombreuses caravanes qui vont trafiquer avec les tribus campées aux confins du Sahara, pour y vendre les marchandises et les épiceries dont ce pays était dépourvu, car il n'y avait pas une seule manufacture et ses habitants s'habillaient à peine. Avec l'augmentation des besoins, ce commerce est devenu très important et très lucratif, et Aubry est un de ceux qui ont fait des affaires avec ce pays sur une plus grande échelle.

Les premiers étrangers établis dans le pays au commencement du siècle sont probablement des canadiens. Voici par quelle aventure nos compatriotes devinrent les pionniers de certaines parties du Nouveau-Mexique. MM. Gervais Nolin, Duchesne, Lalande, Pierre et Antoine Ledoux, Pierre l'Espérance, Charles Beaubien, employés par la compagnie de la Baie d'Hudson dans l'ouest s'étaient écartés un jour dans la forêt en allant traiter chez les sauvages. En errant ainsi dans les bois sans boussole, ils furent surpris par une troupe de Mexicains, qui s'étaient aventurés à la chasse jusque dans cette région reculée. Les mexicains les firent prisonniers et les amenèrent dans leur pays ainsi que leur compagnon Manuel Alvarez, un espagnol, qui est devenu plus tard lieutenant-gouverneur et a joué un role proéminent au Nouveau-Mexique. Ils furent conduits devant le gouverneur et son conseil. Les aviseurs n'avaient jamais vu de blancs et ils parlaient de les mettre à mort sans plus de forme de procès. Alvarez heureusement comprenait leur langage, il les apostropha sévèrement, les qualifia de barbares et demanda d'être conduit à Mexico avec ses camarades où on saurait bien les trouver dignes de vivre. Le gou-

verneur moins borné que ses aviseurs y consentit et ils furent
conduits sous escorte au Mexique dans une misérable *caretta*,
après avoir été fort malmenés et avoir enduré les privations de la
faim comme les plus pénibles fatigues durant l'interminable trajet
de deux mille milles. Le gouverneur du Mexique, qui savait
apprécier l'homme civilisé à sa juste valeur, blâma vertement les
mexicains de leur conduite arbitraire et inhumaine. Il offrit aux
malheureux captifs de les faire conduire aux postes éloignés
de la Compagnie de la Baie d'Hudson ou aux États-Unis. Ceux-ci
demandèrent la permission de retourner au Nouveau-Mexique et
le gouverneur y consentit en donnant à chacun, outre ses frais de
voyage, une somme de $1,000 à $1,500.

Nos intrépides compatriotes furent cette fois mieux accueillis.
Ils s'établirent au milieu des mexicains, marièrent des indigènes et
se dispersèrent dans l'intérieur, les uns cultivant la terre et les
autres s'adonnant au commerce.

L'un d'eux, Lalande, se maria aussitôt à son arrivée dans le pays,
et Gervais Nolin, son compagnon d'infortunes, épousa sa fille, alors
qu'elle était à peine âgée de treize ans, malgré la différence d'âge
qui les séparait.

Charles Beaubien était doué d'une fort bonne éducation. Il avait
fait ses études classiques et avait même étudié la théologie à
Québec avant de partir pour l'ouest. Il ne manqua pas de percer
dans un pays aussi peu avancé et il fut plus tard élevé à la dignité
de juge de comté. Il est signalé par Davis,[1] comme l'un de ceux
qui ont le plus travaillé à faire établir la forme du gouvernement
territorial au Nouveau-Mexique. L'un de ses fils, qui avait reçu une
instruction supérieure aux États-Unis, fut massacré lors de la révolution de 1847.

Gervais Nolin s'adonna à des spéculations commerciales. Il
acquit plus d'une fortune qu'il dépensa dans des entreprises plus
ou moins inconsidérées et qui ont toujours fait fiasco. Il a enfoui
par exemple des sommes énormes pour trouver les fameux trésors
qui, suivant une légende, se trouvaient sous les ruines de Gran
Quivira. Ces ruines comprennent les débris d'une grande église,
d'un monastère, d'une chapelle et les restes d'une ville antique sur
laquelle on a écrit les choses les plus fabuleuses.

Lorsque notre compatriote, M. P. A. Senécal, arriva dans le pays
vers 1845, les Canadiens établis au Nouveau-Mexique depuis plus
de vingt ans avaient complètement transformé leurs habitudes et
avec la facilité d'assimilation particulière à notre race, ils avaient

---

1 *El Gringo* ; *or New Mexico and her people.* P. 112.

l'air à s'y méprendre de véritables autochtones. Ils portaient de longs cheveux plats et tout l'accoutrement particulier aux indigènes. Ils ne savaient plus que des bribes de français, n'ayant eu personne durant plusieurs décades avec qui ils puissent parler leur idiome maternel. Ils versaient des larmes abondantes au souvenir du pays absent qu'ils n'ont jamais revu et avec lequel ils n'avaient aucun rapport ; ils en parlaient avec une affection et des regrets que comprennent seuls ceux qui se sont éloignés pour toujours du sol natal.

Après l'arrivée de Mgr. Lamy, d'autres prêtres français vinrent y moraliser la population, quelques canadiens allèrent aussi y chercher fortune et en peu de temps les exilés purent parler la langue maternelle qu'ils avaient momentanément oubliée. Ils dorment sans doute tous de leur dernier sommeil sur la terre mexicaine, car malgré la salubrité du pays et la longévité exceptionnelle de ses habitants, il n'est pas probable qu'il reste quelque survivant de la petite et héroïque escouade de canadiens, qui y fut traînée en captivité et s'y exila ensuite volontairement.

III

Aubry se fit en peu de temps redouter des sauvages dans ses voyages à travers les plaines. Ils le reconnaissaient comme l'un des cavaliers les plus intrépides qu'ils eussent vu et comme un homme extrêmement redoutable. Les uns l'appelait l'*Écumeur des plaines* et d'autres *Piernas fiero, Jambe de fer.* L'exemple suivant va démontrer que l'admiration qu'ils avaient conçue pour notre valeureux compatriote était loin d'être exagérée.

En 1848, Aubry fit un pari célèbre aux Etats-Unis. A raison d'un enjeu de $36,000, il dit qu'il se faisait fort de parcourir le trajet de Santa-fé au fort Independance, une distance de près de 900 milles, en sept jours. Il fit l'acquisition dans ce but des meilleurs coursiers et donna entre autres prix élevés pour des chevaux du Haut-Canada la somme de $1,700 et de $1,200. Les préparatifs d'une pareille course furent énormes et dépassèrent de $9,000 le montant du pari.

Aubry voulait faire un tour de force inouï et il y réussit. A tous les cinquante mille il y avait deux chevaux de relai qui l'attendaient. Il menait constamment ses coursiers à toute vitesse, ses éperons labouraient leurs flancs et des flots d'écume blanchissaient leur poitrail. Aussitôt que l'un était surmené, il enfourchait l'autre et souvent il arrivait que la monture tombât de lassitude, à huit ou dix milles du prochain relai. Alors l'infatigable cavalier, qui pouvait franchir une pareille distance presque aussi rapidement qu'un cheval, recourait à la vitesse de ses propres jambes qui étaient vraiment d'acier et on l'eût pris pour une gazelle tant il était agile. Il tua plus de seize chevaux courbattus, traversa plusieurs rivières à la nage, reçut une pluie torrentielle pendant vingt-quatre heures et sur un espace de six cents milles il fut obligé de courir sur des chemins boueux et difficiles. Aubry ne dormit pas une heure durant toute cette course, la lune et les étoiles lui servaient de luminaires éclatants, il ne s'arrêta pas un instant pour restaurer ses forces, seulement on lui donnait quelquefois aux relais un peu d'eau-de-vie et quelques tranches de venaison qu'il saisissait précipitamment,

Il arriva au fort Independance avant le temps voulu, car il avait franchi cette immense distance en cinq jours et demi. Après un effort aussi surhumain, on aurait pu croire qu'il eût tombé d'épuisement. Mais Aubry avait une organisation extraordinaire et elle n'en fut pas affectée. Il se rendit de suite à l'hôtel et dormit pendant vingt-quatre heures d'un sommeil de plomb. Ce temps écoulé, l'hôtellier avait ordre de l'éveiller en lui donnant un coup de poing sur le front. C'est ce qu'il ne manqua pas de faire, car les ordres d'Aubry étaient obéis rubis sur l'ongle. Aubry se lesta ensuite l'estomac et partit le lendemain aussi dispos que jamais à bord d'un steamer pour St. Louis.

Cette course fit grand bruit aux États-Unis. Toute la presse en parla en donnant les détails les plus circonstanciés et le nom d'Aubry vola dans toutes les bouches. Suivant la mode américaine, la photographie répandit à profusion les traits énergiques de notre compatriote, et on trouva son portrait appendu à mille endroits de réunion publique et dans les hôtels. Aubry devint le héros du jour. Il ambitionnait la gloire, ressort puissant de tous les actes qui devaient l'illustrer, et il réussit à l'obtenir en cette circonstance. Il n'y a pas de doute qu'il s'acharna à poursuivre la célébrité durant toute sa vie, car il avouait à l'un de ses amis qu'il brûlait du désir de faire des choses extraordinaires. Son nom était tellement populaire dans les grandes villes américaines, que la foule le suivait dans les rues alors qu'on le désignait comme étant le fameux Aubry.

Quelque temps après cette course extraordinaire, Aubry se trouvait à *Astor House*, à New-York. Ce tour de force était vivement discuté par un groupe de personnes, les unes en parlant avec admiration, les autres le dépréciant. Quelques bravaches disaient qu'ils pouvaient faire la même course plus rapidement qu'Aubry.

Celui-ci averti du fait se joignit aux discutants et après avoir pris part à leur entretien, il déclara tout-à-coup à leur grande surprise, qu'il était l'objet de leur débat animé et qu'il offrait de parier $300,000, que personne ne pourrait faire le même trajet dans sept jours de temps. Mais aucun des rodomonts ne se présenta pour relever le gant.

IV

Le Colonel J. Frémont, mort il y a quelques années, est bien connu par ses explorations et les services qu'il a rendus à la géographie et à la topographie dans ses expéditions en Californie, aux Montagnes Rocheuses et autres régions américaines presque ignorées alors. C'était de plus un militaire remarquable, qui a joui d'un grand prestige aux Etats-Unis et il était candidat à l'élection présidentielle où M. Buchanan est sorti victorieux de la lutte.

Cet homme distingué, dont plusieurs endroits de l'ouest portent le nom, mentionne souvent Aubry dans ses intéressants mémoires et signale les services particuliers que notre compatriote lui a rendus. Dans une lettre adressée de Socorro,[1] le 24 février 1849, il écrivait : "Le Colonel Washington [2] m'a exprimé le désir de m'adresser à lui pour tout ce qui serait à sa disposition. Il m'invita à diner chez lui le premier jour que je passai à Santa-fé et il dina avec moi le lendemain aux quartiers militaires. Le major Weightman [3] (de Washington, beau-fils de M. Cox) a été bienveillant dans ses attentions à mon égard et le Capt. Brent, député quartier-maitre, m'a aussi donné l'aide le plus effectif pour mon équipement. Je me fais un devoir de recommander à votre attention lorsque vous le rencontrerez, notre concitoyen de St. Louis, M. F. X. Aubry ; vous vous en rappellerez comme ayant fait dernièrement une course extraordinaire de Santa-fé à cette place. Nous avons voyagé ensemble de Santa-fé à cette place. Entre autres actes de bienveillance, il m'a prêté $1,000 pour acheter des animaux, mules, bœufs, etc., pour mon voyage en Californie." [4]

Aubry avait rendu quelque temps auparavant à Frémont un

1 Socorro est située sur une hauteur qui domine de deux cents pieds la rive ouest du Rio-Del-Norte, au Nouveau-Mexique. Sa population de plus de 600 âmes est presqu'entièrement mexicaine.

2 Celui-ci a été plus tard gouverneur du Nouveau-Mexique.

3 Le major Weightman devait être plus tard le meurtrier d'Aubry.

4 *Life of Col. Fremont.* Page 129.

autre service beaucoup plus signalé. Ce dernier voyageait avec
une caravane considérable dans les explorations scientifiques et
autres qu'il fesait au nom du gouvernement américain. Alors qu'il
était en route pour le Nouveau-Mexique, sa caravane fut surprise
près des Montagnes Rocheuses par une terrible bourrasque,
comme il s'en déchaine à périodes fixes dans cette région. Des
hommes furent immédiatement dépêchés pour demander du
secours à Santa-fé et Aubry partit instantanément avec ses nombreux aides pour aller les dégager de cette situation critique.
Lorsqu'il arriva sur le lieu du sinistre, la caravane toute entière
menaçait de périr. Plusieurs hommes étaient déjà gelés à mort et
une même fin menaçait tous les autres. Aubry réussit à ramener
les survivants à Santa-fé et à les sauver d'une perte certaine.

V

Aubry augmenta d'année en année ses opérations commerciales
qui prirent des proportions étonnantes. Un jour, à la grande surprise d'un M. Campbell, marchand en gros à St. Louis, il acheta
tout le stock de marchandises que contenait son magasin à raison
de $130,000 ; ces effets ne lui suffisaient pas et il en obtint simulta-
nément pour une valeur additionnelle de $170,000. Il fesait lui-
même ordinairement deux voyages au Nouveau-Mexique par an,
tandisque les autres marchands se contentaient d'une seule expédition de ce genre. La distance à parcourir était d'environ mille
milles et le voyage lorsqu'il n'exigeait pas plus de temps se fesait
en 45 ou 60 jours.

Aubry expédiait ses marchandises aux principales villes du
Nouveau-Mexique, telles que Santa-fé et Albuquerque, où il savait
toujours écouler les articles qui commandaient le meilleur prix
sur le marché. Il se chargeait aussi de transporter des approvi-
sionnements pour les troupes américaines stationnées au Nouveau-
Mexique et il fesait ainsi des bénéfices importants. Ces munitions
de guerre et de vivres étaient tellement considérables qu'il lui
fallait souvent de cent à cent-cinquante vagons pour ce transport.

Les caravanes d'Aubry se composaient ordinairement de deux à
trois cents hommes dont la plupart étaient des Mexicains. Ceux-ci
craignaient fort Aubry et ses ordres étaient remplis à la lettre.
Jamais dictateur ne fut plus fidèlement obéi. Mais si les employés
d'Aubry le redoutaient, c'était à la manière des troupiers de Napoléon pour leur maître. Ils lui étaient dévoués jusqu'à la mort, car
sous la rude écorce de notre héros se cachait un cœur plein d'amé-

nité. Son regard ardent lançait parfois des jets de flamme, mais il prenait bientôt une expression pleine de bienveillance. La hardiesse avec laquelle il exécutait les plus périlleuses entreprises, inspirait à ses subalternes une confiance illimitée. Rien ne leur semblait impossible à Aubry. Celui-ci exigeait d'eux un travail assidu, mais étaient-ils frappés de maladie, ils étaient mis sous les soins du médecin qui accompagnait toujours la caravane et lui-même se tenait à leur chevet durant la nuit. Si quelqu'un de ses employés perdait la vie, il sustensait sa famille avec une générosité qui ne se laissait jamais.

Sa bonté s'étendait également à tous les voyageurs sur les plaines pour lesquels il était une véritable Providence. Toutes ses caravanes avaient ordre de ne jamais manquer de venir en aide à ceux qui seraient dans la détresse sur la route. Si les mules de malheureux voyageurs avaient été dérobées par les sauvages ou s'étaient écartées dans la prairie, ses hommes devaient leur donner d'autres animaux afin de continuer leur trajet ; si leurs vivres étaient épuisées, ils avaient ordre de les remplacer et si leur vagons étaient brisés, ce qui arrive souvent sur les plaines, ils devaient les réparer.

Aussi, le nom d'Aubry devint extrêmement populaire et respecté et bien des gens ne le connaissaient que sous le nom de Napoléon I qu'on lui avait donné. Notre compatriote profondément désintéressé semait l'or à pleines mains sur tout ceux qui sollicitaient son aide et sa libéralité égalait son intrépidité à toute épreuve.

Durant ses longues courses, Aubry aimait toujours à passer par les endroits les plus dangereux et les plus courts, fussent-ils bordés de précipices affreux, et il offrait souvent de libérales récompenses à ceux de ses hommes qui voulaient le suivre. Les autres traitants qui l'accompagnaient essayaient en vain de le faire renoncer à ces courses périlleuses. Il aimait à braver l'inconnu et les dangers et il avait besoin de grandes émotions. La vie ne devait pas être pour lui paisible comme ces rivières qui serpentent la vallée avec un doux murmure, mais orageuse comme ces torrents, qui se ruent à travers des débris de rochers, renversant tous les obstacles à leur passage.

Aubry tâchait aussi de découvrir les routes les plus directes et il y a plus d'une fois réussi, ainsi qu'on le verra ultérieurement. Souvent il avait à lutter contre les sauvages qui apparaissaient menaçants et en nombre fort supérieur. C'était alors des combats sanglants et désespérés où plus d'un enfant de la nature allait rouler sur le sol. Plusieurs de ses hommes tombaient également sur le carreau, mais Aubry savait toujours bien faire face aux situations les plus complexes.

VI

Dans une seule expédition, Aubry perdit toute la fortune considérable qu'il avait amassée. Il avait fait des achats considérables de marchandises pour expédier au Nouveau-Mexique et il comptait sur des recettes brillantes. Mais il fut bien déçu. En arrivant à Council Grove, à environ 150 milles du fort Independance, il apprit que les sauvages avaient mis le feu à la prairie, comme cela arrive souvent, soit intentionnellement ou par accident.

On sait ce que sont ces immenses incendies. En un instant, le feu qui éclate à un endroit se répand comme un ouragan avec la rapidité de l'éclair. Il envahit des espaces immenses, rase complètement l'herbe sèche des prairies, qu'il transforme en un océan de flammes tourbillantes ; les gerbes de feu illuminent l'horizon de leurs lueurs rougeâtres et à leur bruissement succèdent des détonations dans l'air semblables à celles des armes-à-feu. Le feu prend mille formes différentes. Tantôt on le dirait sinueux comme un serpent, tantôt il ondule comme une vague moutonnée. La rafale change-t elle de direction, il s'arrête subitement comme un coursier vigoureusement refrené et il va promener ailleurs sa marche furibonde en laissant derrière lui une longue trainée de fumée. Tous les voyageurs qui ont assisté à ce spectacle le disent vraiment grandiose. L'herbe ainsi détruite sur une aussi vaste zone, il n'est plus possible à une caravane de traverser les prairies. Les centaines de mules qui transportent de lourds vagons n'ont pas d'autre moyen de subsistance, car il ne serait pas possible de transporter assez de fourrage pour les nourrir durant ce long trajet. Les mules mexicaines résistent tellement bien aux fatigues qu'elles peuvent cependant être plusieurs jours sans boire ni manger, mais il n'en est pas ainsi des mules américaines qui ne sauraient endurer de pareilles p ivations.

Il n'y avait qu'un moyen hardi de pénétrer dans le Nouveau-Mexique avec toutes les richesses qu'il y transportait. Aubry était homme à le tenter. C'était de faire un assez long cercuit en allant passer à travers les vallées qui s'étendent le long de la chaine des Montagnes Rocheuses. Si l'expédition avait la chance de passer assez tôt pour éviter les tempêtes de neige qui sévissent à certaines époques au pied de ces monts sourcilleux, elle pouvait espérer de parvenir saine et sauve à destination, mais dans l'autre alternative, elle courait risque d'y trouver son tombeau. Les funestes présages de beaucoup d'amis d'Aubry faillirent se réaliser.

Après beaucoup de marches fatiguantes le long de la rivière Arkansas, la nombreuse caravane arriva dans la vallée du Purgatoire, nommée ainsi par les canadiens qui l'appelaient Picatoire [1]; ils lui ont donné cette désignation parceque l'endroit était extrêmement difficille.

La rivière du Purgatoire est peu large; mais fort rapide et sur ses bords s'élèvent des touffes de cotonniers et autres arbustes d'une grande variété. Ses flots roulent quelquefois à travers des terrains montagneux dont les sommets grisâtres sont dénudés et où se dressent clair-semés des cèdres rabougris. L'ours, le daim, l'antilope et autres bêtes fauves se réfugient quelquefois dans cette région.

La vallée porte bien son nom significatif de Purgatoire. Car la caravane d'Aubry avait à peine fait halte, qu'un affreux ouragan se déchaîna. Le vent hurlait avec violence en allant s'engouffrer dans les gorges des montagnes et la neige fouettée par la bise tombait tourbillonnante en blanchissant la plaine. Au craquètement des arbres qui se tordaient sous la rafale succédaient les cris des animaux carnassiers sortant avec effroi de leurs tanières. La scène était bien propre à jeter dans l'épouvante le malheureux voyageur surpris par cette bourrasque.

Comme il était impossible de s'avancer davantage en vagons, les hommes de l'expédition crurent que c'en était fait d'eux et de leurs animaux. Les vivres ne pouvaient durer bien longtemps et le fourrage allait manquer.

Dans cette triste conjoncture, Aubry offrit de donner $1,500 à ceux de ses aides qui iraient porter une lettre au gouverneur du Nouveau Mexique à Santa-fé, afin de réclamer le secours immédiat des troupes pour empêcher leur perte commune. Deux partirent mais ils revinrent le lendemain sur leurs pas, la neige était amoncelée partout et s'élévait quelquefois en véritables monticules, semblant offrir une barrière infranchissable.

Aubry se décida alors de faire ce que les plus hardis ne pouvaient effectuer et il offrit une rénumération élevée à ceux qui voudraient l'accompagner. Deux hommes se présentèrent pour le suivre. Mais ils n'allèrent pas loin sans rebrousser chemin. La neige s'élevait jusqu'à la ceinture, un froid glacial régnait et il n'y avait qu'Aubry avec san mâle courage et ses muscles d'acier pour pouvoir se frayer un passage. Il se munit d'armes-à-feu, de quelques tranches

---

1 Les Canadiens ont ainsi baptisé plus d'une rivière de l'ouest. Ce sont eux qui ont nommé entre autres cours d'eau : *Fer-à-cheval, Fonta ne-qui-boit Cache-à-la-poudre, Rivière-aux-cajeux, Rivière-boisée, Rivière-aux-bouleaux, Rivière-aux-chutes, Rivière-malheur.*

de venaison et partit comme toujours avec cette indomptable intrépidité qui jamais n'a fléchi.

Aubry était à environ 400 milles de Santa-fé et à 250 milles des habitations les moins éloignées. On voit quelle rude tâche il avait à accomplir. Il se trouvait absolument dans la même situation qu'autrefois l'intrépide Lasalle, avec lequel sa vie offre d'ailleurs plus d'un parallèle, lorsqu'après le désastre de son vaisseau le *Griffin*, il fut obligé de laisser l'Illinois et de franchir seul et à pied 1200 milles à travers des forêts pleines de neige, vivant de chasse, courant les plus grands dangers, pour aller chercher du secours au Canada afin de poursuivre ses glorieuses découvertes. Aubry marchait depuis l'aube jusqu'au crépuscule, franchissant tous les obstacles et triomphant de l'accablement physique causé par ces marches forcées. Lorsque le soleil avait cessé de dorer la cime des Montagnes-Rocheuses, il n'avait pour s'abriter contre la tempête et pour toute place de repos que l'épaisse couche de neige, qui menaçait de l'ensevelir et dans laquelle il se creusait un lit.

Après de longs jours de marche, il arriva le soir à la résidence de M. P. A. Senécal, à San Miguel, lequel le croyait bien perdu dans les neiges des Montagnes Rocheuses. Il s'y procura une excellente monture et partit immédiatement pour se rendre à Santa-fé et comme il pouvait l'emporter sur le plus rapide *caballero* du pays, il y arriva tard dans la nuit, après avoir changé trois fois de chevaux et avoir parcouru une distance de 50 milles sur un terrain fort accidenté. Sans plus de forme, il se rendit en toute hâte à la demeure du gouverneur. Le domestique ou *portero* ne voulait pas éveiller son maître, mais Aubry le menaça de son revolver s'il ne le conduisait de suite à sa chambre. Ce brutal argument eut son effet. Le premier dignitaire du Nouveau-Mexique, après avoir su le nom de son visiteur matinal, se leva immédiatement, et les salutations de rigueur faites, un dialogue animé s'engagea à peu près dans les termes suivants :

— Gouverneur, j'ai 400 hommes, 1200 mules et une immense quantité de marchandises menacés d'une perte certaine au pied des Montagnes Rocheuses, il me faut le secours immédiat de vos troupes.

— M. Aubry, je n'ai pas d'instruction dans ce sens et je ne puis agir sans y réfléchir.

— Gouverneur, ma demande est péremptoire, vous ne pouvez laisser périr 400 hommes et me condamner en même temps à la ruine. Il me faut l'aide de vos troupes, si vous me le refusez, je vais prendre des moyens extrêmes pour l'obtenir.

—M. Aubry, il me faudrait du temps pour organiser un pareil envoi de troupes.

—Gouverneur, vos soldats sont prêts, vous avez des vagons et il faut qu'ils partent sans retard, avant même le lever du soleil. Donnez les ordres aux officiers et les hommes vont pouvoir se mettre de suite en route.

Aubry avait un air menaçant et le gouverneur qui le connaissait dut obtempérer à ses pressantes injonctions. Les ordres furent données et quelques heures après les soldats partaient pour la vallée du Pur atoire. Aubry avait eu la prévoyance d'acheter plusieurs centaines de mules qui accompagnèrent l'expédition afin de remplacer les siennes, qui avaient dû presque toutes périr. Les vagons furent chargés de fleur et de maïs.

Lorsque les militaires atteignirent la vallée du Purgatoire, ils furent accueillis comme des sauveurs par la caravane famélique, qui avait perdu tout espoir de salut. Les hommes s'étaient d'abord nourris de la chair coriace des mulets, mais dans une seule nuit, plusieurs cents de ces bêtes de somme étaient mortes de froid, et ils n'eurent durant plusieurs jours que du beurre et de la graisse pour calmer les tiraillements de la faim. Tant que les mules purent résister aux rigueurs du froid et de la faim, elles n'eurent pour pâture que les tiges des cotonniers qui bordaient la rivière Purgatoire. On ne pût emporter qu'une partie des effets d'Aubry et la plupart des vagons durent rester sur place. Ceux-ci au nombre d'environ cent-cinquante avaient une valeur de sept à neuf cents piastres chacun. Ainsi la perte des mules, des vagons et des marchandises atteignit un chiffre énorme. Non seulement Aubry engloutit dans cette malheureuse expédition tout ce qu'il possédait, mais il se trouva en face d'un passif de $90,000.

Un pareil désastre aurait pu décourager les plus déterminés, mais notre héros sut le supporter courageusement. Ayant un crédit illimité chez ses fournisseurs de St. Louis, de New-York et de Philadelphie, il put continuer son commerce sur une échelle aussi considérable que par le passé et réparer en peu de temps les brèches qui avaient été faites à sa fortune.

VII

Un voyage d'Aubry à travers les plaines vers 1850 fut marqué par un fort tragique accident. Un M. White, riche marchand, se rendait au Nouveau-Mexique et avait pris place à bord du convoi d'Aubry. En arrière de ce train, suivaient des vagons américains, l'avant garde était formée par la caravane de M. P. A. Senécal et rien n'était pittoresque comme l'aspect de ces longues lignes de voyageurs se déroulant à travers l'immensité de la plaine.

Arrivé à un endroit entre Whetstone Branch et Roch Creek, M. White, las de la lenteur du trajet, crut que tout danger était passé et, malgré les représentations d'Aubry, il laissa le convoi et prit les devants. En passant près de la caravane de M. Senécal, il demanda comme une faveur de se faire accompagner par M. Gosselin, son second, qui était fort habitué à braver les mille dangers des plaines. Gosselin démontra à M. White qu'il fallait encore traverser des endroits périlleux, infestés de sauvages et qu'il courait à une perte presque certaine. M. White fit la sourde oreille et Gosselin se décida à l'accompagner.

La petite caravane se composait de M. White, de sa femme, d'une petite fille, d'un allemand, d'un américain, d'un mexicain, d'un serviteur nègre et finalement de Gosselin, intrépide comme un loup de mer. Elle n'alla pas loin sans que Gosselin qui avait le flair exercé d'un indien, dit qu'après avoir apposé ses narines sur le sol, il sentait le sauvage. Son instinct de limier ne le trompa pas et on pouvoit voir peu de temps après des ombres noires se détacher dans le lointain et se dessiner de plus en plus en s'avançant rapidement dans la direction de la caravane.

Gosselin sachant que ses compagnons étaient trop peu nombreux pour lutter contre les assaillants qui s'avançaient comme une avalanche, alla immédiatement à toute vitesse donner l'alerte à la caravane de M. Senécal, qui était la plus rapprochée. Celui-ci partit aussitôt avec plusieurs de ses hommes à cheval pour venir à la rescousse. Mais pendant ces mouvements qui prirent nécessairement du temps, les sauvages attaquaient la petite caravane qui luttait bravement contre eux. C'elle-ci était trop peu redoutable pour que ses assaillants n'en eussent pas raison, aussi en peu de temps tous gisaient sur le carreau, à l'exception de Madame White et de sa petite fille, âgée d'environ huit ans, que deux sauvages emportèrent rapidement sur leurs coursiers. Le bruit de la fusillade avait bien démontré à M. Senécal et à ses compagnons que la caravane courait les plus grands dangers, si elle n'avait pas déjà été toute massacrée. Malgré la vitesse de leur course, ils ne purent arriver à temps pour faire face à l'ennemi, mais ils se mirent à sa poursuite après avoir donné l'éveil aux vagons américains qui s'avançaient plus loin. Ceux-ci arrivèrent en peu de temps pendant que M. Senécal et ses hommes ne perdaient pas de vue les cruels ravisseurs. Après une course furibonde de plusieurs heures, le sauvage qui emportait Madame White ne

pouvant s'enfuir avec sa dépouille aussi promptement que les
autres, et se voyant sur le point d'être cerné, mit pied à terre avec
sa victime et il lui donna un coup de lance dans la poitrine, qui
mit fin aux jours de cette femme infortunée. Il n'eut que le temps
de monter à cheval et de s'enfuir pour aller joindre la troupe qui
avait pris de l'avant. Un mexicain retira la lance acérée qui avait
terminé la malheureuse existence de Madame White. Les dragons
continuèrent à pourchasser les sauvages et ils réussirent à en tuer
quelques-uns.

Ils ne purent cependant mettre la main sur l'indien qui avait
ravi la jeune enfant de Madame White. De retour a Santa-fé, M.
Senécal fit offrir des présents considérables au nom de la succession
White à ceux qui ramèneraient la petite fille, que l'on réussit à
obtenir, moyennant une forte rançon, après deux ans d'une pénible
captivité chez les sauvages du sud. [1]

Les sauvages des prairies et des montagnes du Nouveau-Mexique
excellent à ravir les femmes et les enfants des blancs. Souvent on
compte leurs captifs par centaines. Les femmes leur servent
d'esclaves et ils adoptent les garçons qui deviennent plus tard des
guerriers. Quelquefois les captifs réusissent à s'esquiver, mais la
plupart passent leur vie au milieu de leurs maîtres inhumains en
menant une existence extrèmement misérable. On raconte qu'entre autres mauvais traitements, des sauvages qui avaient enlevé
une femme américaine et son enfant jetaient ce dernier dans l'air
et le laissaient retomber sur la pointe de leurs lances aigues.
Toute la bande s'amusait à lui faire subir ce supplice barbare
jusqu'à ce que son corps fut tout transpercé et qu'il eût rendu le
dernier souffle en présence de sa pauvre mère, qui s'arrachait les
cheveux de désespoir.

VIII

Dans ses voyages de Santa-fé au Fort Independance, Aubry cherchait toujours à découvrir les voies les plus courtes afin d'abréger
autant que possible le trajet. Il obéissait ainsi à une idée fixe sans
s'occuper des dangers ou des obstacles.

Vers 1850, il revint aux Etats-Unis en compagnie de M. Senécal

---

[1] Cette tragédie est relatée par W. W. A. Davis dans son livre *El Gringo ; or
New-Mexico and her people*. Mais la version de cet écrivain diffère de celle-ci,
qui a tout le caractère de véracité voulue, puisqu'elle est celle d'un témoin oculaire,
M. P. A. Senécal, qui a tout fait pour empêcher l'atrocité ainsi perpétrée par les
sauvages des plaines.

et de plusieurs marchands américains. Rendu à environ 300 milles de Santa-Fé, il laissa les sentiers battus et dit à ceux qui l'accompagnaient qu'il allait tenter de passer par une route inconnue dans le but d'en venir à la découverte, objet de ses désirs et de ses efforts. Les autres marchands ne voulaient pas s'aventurer dans cette plaine sablonneuse et immense, une véritable *terra incognita*, où il n'y avait pas la moindre trace de vie organique, et ils firent les plus pressantes objections au projet d'Aubry. Celui-ci ne voulut pas en démordre et affirma qu'il y passerait seul s'ils refusaient de l'accompagner. Ses compagnons baissèrent pavillon devant cette volonté inflexible et se décidèrent à le suivre. Durant les deux premiers jours les voyageurs ne foulèrent qu'un sable mouvant qui s'étendait en une plaine sèche, aride, immense comme l'océan et où le morne silence qui pèse sur la nature, pèse sur l'esprit, comme le cauchemar de la solitude. Pas le moindre gazon pour tapisser le sol, pas d'arbres pour s'abriter sous leur pavillon contre les ardeurs d'un soleil tropical, pas le plus léger filet d'eau pour désaltérer le voyageur respirant une atmosphère brûlante et en proie au tourment de la soif. C'était le désert sans oasis. Les voyageurs voulurent rebrousser chemin, mais Aubry demeura inébranlable. La boussole en mains, on le voyait errant au loin çà et là, cherchant l'eau et l'herbe qui manquaient, car les animaux étaient haletants de soif et de faim. Ce n'est que le troisième jour qu'il en trouva.

Un soir, la caravane s'était arrêtée pour le campement de la nuit. Le temps était des plus agréables, le ciel était pur, la brise caressait à peine les longues herbes des prairies qui exhalaient leurs senteurs embaumées, les animaux paissaient tranquillement et on n'entendait que le pétillement de la flamme du brasier qui répandait de vives clartés. Pendant que toute la nature semblait silencieuse, on entendit inopinément le bruit d'une cavalcade bruyante qui s'avançait rapidement dans cette direction. C'était une nuée de sauvages, qui comme toujours, voulaient surprendre les voyageurs afin d'enlever leurs mules et les détrousser. Tous les hommes furent en un instant mis sur le qui-vive et saisirent leurs armes pour se préparer à toute éventualité. Suivant la coutume ordinaire, les *arrieros* ou muletiers disposèrent de suite les vagons en forme de cercle en dedans duquel on mit les mules en sûreté. Les hom, mes se tinrent derrière les vagons qui leur servirent de remparts, prêts à coucher l'ennemi en joue. Celui-ci était divisé en deux bandes, dont chacune avait un chef, ayant la tête ornée de panaches, le visage bariolé et les bras tatoués. Aubry et M. Senécal leur firent signe à une certaine distance de ne plus s'avancer, sinon ils

recevraient une bordée. Les deux chefs mirent pied à terre comme
pour parlementer.

Au nombre des animaux de la caravane, il y avait une superbe
jument, couleur orange, appartenant à M. Senécal, et fort bien
dressée pour chasser le bison, qui constituait à peu près la seule
nourriture de l'expédition. Elle tenta fort les sauvages, qui refu-
sèrent de s'en retourner sans qu'on la leur donnât. Mais M. Senécal,
ne voulant pas s'en dessaisir, répondit qu'il aimait mieux combattre
que de leur en faire don. Il leur offrit en revanche certains articles qu'il leur étala et ayant une valeur de plusieurs cents piastres,
mais les sauvages tinrent mordicus à la cavale orange. C'était là
la condition de leur retraite.

Aubry, fatigué finalement de leurs obsessions, empoigna soudai-
nement l'un des chefs sauvages, en saisissant les longues nattes
dans lesquelles brillent des plaques d'argent et qui flottent sur leurs
épaules. Il le fit sauter comme un pantin en lui assénant force
taloches et coups de pieds et l'étrilla d'importance. Les coups
furent si prestement appliqués que le chef sauvage, affolé de ter-
reur, ne sortit broyé des mains d'Aubry que pour mettre le pied
à l'étrier et s'élancer comme un trait dans le lointain avec toute la
troupe effarée. Elle ne se croyait pas assez forte pour avoir le
dessus sur des hommes aussi peu sensibles à la crainte.

Ceux-ci s'attendaient bien à une attaque sérieuse après la dégelée
bien conditionnée administrée par Aubry au chef sauvage. Aussi
ils se préparèrent en conséquence à recevoir l'assaut durant la nuit.
Les sentinelles furent doublées, eurent constamment l'oreille au
guet et toutes les carabines étaient prêtes à faire feu. Mais l'ennemi ne revint que le lendemain en nombre imposant. Ce bataillon
était bien composé de 1200 à 1500 hommes. Les assaillants insistè-
rent de nouveau pour avoir la cavale orange. Mais on leur intima
formellement qu'ils ne l'auraient pas et qu'on ne leur donnerait de
plus que la moitié des présents offerts la veille. Si ces conditions
ne leur étaient pas agréables, ils devaient emporter le butin qu'ils
convoitaient par la force de leur carabines. Cette conduite déter-
minée leur fit entendre raison, ils agréèrent cette condition, puis
disparurent au milieu d'un nuage de poussière. On ne revit plus
ces insolents et dangereux maraudeurs.

Aubry ne réussit pas à découvrir cette fois la voie courte et sûre
qu'il cherchait à travers ces incommensurables espaces. Mais tenace
comme toujours, il revint à la tâche l'année suivante, lors de son
voyage de retour au Missouri. Il était accompagné d'un nommé
P. H. Leblanc, un canadien originaire de Milton, et qui a été assas-

siné il y a trois ans au Nouveau-Mexique. Une source des plaines
porte aujourd'hui son nom (*Leblanc's Spring*.)

Cette seconde tentative échoua également, mais à son troisième
passage dans ce désert, l'année consécutive, Aubry trouva la route
si ardemment désirée et si patiemment recherchée. Elle abrège de
cent milles le trajet des plaines et en trouvant cette voie directe, il
a rendu un immense service aux voyageurs. Le nom de son décou-
vreur est attaché avec raison à cette route.

IX

Aubry traversa non seulement souvent les plaines de l'ouest,
mais il fit encore sept à huit voyages en Californie, que la fièvre de
l'or commençait à transformer et où demeuraient un nombre considérable de canadiens, éparpillés dans l'intérieur à la recherche du
précieux métal. Il alla y vendre d'immenses troupeaux de moutons
qu'il achetait au Texas et au Nouveau-Mexique.

L'élevage des moutons se fait sur une grande échelle dans ces
deux pays et constitue leur commerce le plus important. Il y a
trente ans pas moins de 500,000 moutons étaient exportés annuelle-
ment du Nouveau-Mexique sur les marchés du sud. Les moutons
broutent l'herbe extrêmement nutritive des prairies et plusieurs
milliers sont souvent placés sous la garde d'un seul pâtre, qui avec
trois ou quatre gros chiens bien dressés, sait fort bien conduire son
troupeau. Les bergers avec leurs chiens et leurs moutons passent la
nuit sur les plaines durant de longues semaines à la recherche des
meilleurs pâturages et parcourent des distances considérables. Les
chiens réussissent à se faire respecter des moutons et sont de fort
utiles auxiliaires pour les bergers. Ils font preuve d'une sagacité
étonnante. Ils conduisent souvent seuls un troupeau dans une
direction éloignée, le surveillent durant tout le jour et le ramènent
le soir au point de réunion. Si le troupeau passe la nuit sur les
plaines, les chiens font la sentinelle et le protègent contre les dents
des loups et autres animaux carnassiers. Les moutons du Nouveau-
Mexique sont de petite taille, portent de grandes cornes, leur chair
qui est la principale nourriture des habitants est exquise. Depuis
l'établissement de la Californie, des troupeaux énormes y sont
expédiés et traversent les déserts qui séparent cet état du Nouveau-
Mexique. Les moutons commandent en Californie des prix qui
compensent amplement les troubles et les dépenses de ceux qui
vont les y conduire. Au temps où Aubry en expédiait dans le
nouvel Eldorado, les moutons avaient une valeur de deux à trois

piastres par tête au Nouveau-Mexique et de six à huit, souvent plus,
à San Francisco et autres places.

Recevant et lisant les journaux avec beaucoup de soin, aussitôt
qu'il apprenait la hausse des prix sur les animaux, Aubry en habile
spéculateur, en envoyait le premier dans la Californie. Il y trouvait son compte, car on rapporte qu'une seule spéculation de ce
genre lui donna un bénéfice net de $70,000. Ces animaux apparte-
nant à la gent trotte-menu n'atteignaient souvent la Californie
qu'après un trajet de trois ou quatre mois.

Aubry suivit d'abord les routes ordinaires pour se rendre en
Californie, lesquelles étaient fort longues et très au sud. Presque
toutes longeaient les rivières qui serpentent les immenses espaces
à parccurir telles que le Del Norte, San Pedro, la Gila, le Colorado
et autres. Mais il abrégea considérablement ensuite ces chemins
riverains et qui étaient fort sinueux. A certains endroits, il coupa
des pointes qui allongeaient inutilement la route de quinze à vingt
milles, et traça de préférence ses routes plus directes là où il y
avait beaucoup d'herbe et d'eau. Depuis une certaine place sur la
rivière San Pedro jusqu'à la rivière Los Menibres, la route sur
plusieurs cents milles porte le nom de notre intrépide compatriote
(*Aubry's trail*). Davis [1] la mentionne comme étant suivie par les
caravanes qui revenaient de Californie au Nouveau-Mexique vers
1851 ou 1852.

Pour être utile aux caravanes qui pourraient venir de la Californie, Aubry avait adopté un mode ingénieux. A tous les endroits
où il avait découvert une voie plus directe que celle suivie jusqu'alors, il attachait une bouteille à un poteau élevé et dans
laquelle se trouvaient des papiers où les plus minutieux renseignements étaient donnés sur le chemin à suivre.

Mais Aubry comprit qu'il serait beaucoup plus avantageux de
trouver une route plus au nord pour aller en Californie et située
près du trente-cinquième dégré de latitude. Il mit à la réalisation
de ce projet l'audace et l'indomptable énergie avec lesquelles il
poursuivait des entreprises que beaucoup réputaient chimériques.

Le 14 septembre 1853, Aubry arrivait à Santa-fé d'un voyage
devenu fameux en Californie. Le 14 juillet, il traversa la chaine
de Siera Nevada au pas do Tejon et il atteignit le Rio del Norte à
Liberata. Devançant les explorations des ingénieurs américains, il
constatait que cette route, qui sera plus tard un nouveau chemin
du Pacifique, ne présentait aucun obstacle pour un chemin de fer
ou de vagons.

---

1 *El Gringo ; or New-Mexico and her people.* Page 266.

Cette Sierra forme partie de cette grande chaine de montagnes qui, sous un nom ou un autre, et à des hauteurs diverses, s'étend uniformément dans une même direction depuis la péninsule de la Californie jusqu'à l'Amérique Russe. Ces montagnes sont remarquables par leur étendue et par leur élévation, qui souvent dépassent celle des Montagnes Rocheuses et leurs croupes gigantesques sont ceintes d'une couronne de neige éternelle. Ce qui ajoute à leur singularité, c'est que souvent sur les plateaux se dressent isolément des pyramides de pierre, dont les pics neigeux dominent l'océan de 1400 à 1700 pieds.

Aubry trouva de l'or au passage du Colorado et en d'autres endroits ainsi que des minérais d'argent et de cuivre en grande abondance. A deux cents milles à l'ouest de la Sierra, il y avait une montagne, au front hérissé de forêts et de rochers, sujet de maints fabuleux récits. On assurait que ses flancs escarpés recelaient des lingots d'or, mais que jamais aucun blanc n'avait pu les gravir. Leur entrée était aussi bien protégée que le fameux jardin des Hespérides, rempli de pommes d'or, avant qu'Hercule n'eût tué le dragon aux cent têtes. Les indiens comme autant de Cerbères gardaient ces gisements métalliques avec une jalousie extrême et n'accueillaient les importuns visiteurs qu'à coups de balles et de flèches. Gervais Nolin, un canadien fort épris d'aventures, dont il a déjà été question, avait tenté plus de vingt fois d'aller palper les fameuses pépites d'or, mais il avait toujours été répoussé. Il avait dépensé une fortune assez élevée dans ces audacieuses entreprises.

Aubry crut qu'il lui appartenait d'aller à la conquête de cette nouvelle toison d'or et de mener à bonne fin une aussi dangereuse expédition. Il avait environ trois cents hommes à sa suite et il promit de donner $500 à chacun de ceux qui voudraient le suivre pour aller se frayer une voie à travers la fameuse montagne dorée. Les plus hardis, au nombre d'une trentaine seulement, acceptèrent cette offre et partirent, Aubry en tête, armés jusqu'aux dents. Ils ne marchèrent pas longtemps sans rencontrer les Indiens qui voulaient leur barrer le passage. Aubry ne voulut pas reculer d'une semelle et il escalada les contre-forts abrupts et rocailleux de la montagne au milieu du sifflement des balles.

Durant quatre à cinq jours surtout il fut cerné avec ses hommes par une nuée de sauvages, qui fesaient pleuvoir sur eux des balles d'or, tant le précieux minérai abondait.[1] Aubry et ses compagnons

1. Dans sa courte notice biographique sur Aubry, Bibaud fait erreur en disant qu'Aubry est " célèbre par ses voyages *dans les deux Amériques*," car son action s'est circonscrite aux Etats-Unis. Il est encore inexact d'affirmer qu'Aubry " dans ses voyages *dans le sud*, a combattu dans une *sierra* des sauvages qui tiraient avec des balles d'or."

luttèrent avec un courage incroyable, le premier surtout donnait
l'exemple et frappant d'estoc et de taille, il fesait de sanglantes
trouées parmi les aggresseurs. Chaque jour, quelqu'un des hommes
d'Aubry tombait le long de la route, frappé d'une balle mortelle
ou ne pouvant plus se traîner, épuisé par les pertes de sang ; la
petite et valeureuse escouade était constamment décimée dans
cette lutte homérique et inégale. Le combat se poursuivit ainsi
durant environ un mois. Aubry n'échappait à un ennemi que pour
tomber de Charybde en Scylla et avoir à combattre plus loin
d'autres sauvages non moins féroces. La plupart de ses compagnons
laissèrent leurs os au milieu de ce pays et les autres furent criblés
de blessures et Aubry lui même reçut sept à huit meurtrissures. Il
n'arriva à Santa-fé qu'avec quelques hommes lardés de coups, d'une
maigreur effrayante et ressemblant plutôt à des spectres sortant du
tombeau. Les blessures d'Aubry étaient tellement graves que son
médecin affirmait qu'elles seraient mortelles pour tout autre.
Après plusieurs jours de repos, il était cependant aussi ingambe
que jamais et prêt à recommencer sa vie aventureuse, comme le
brave guerrier, qui, meurtri au feu, ne panse ses nobles cicatrices
que pour porter de meilleures estocades.

X

Vers 1854, Aubry fit encore une course extrêmement rapide. Il
paria qu'il se rendrait de San Francisco à Santa-fé en vingt-deux
jours et il est peut-être inutile d'affirmer, disait un journal de St.
Louis, Missouri, qu'il gagna son pari, tant le public était habitué à
ses tours de force.

Le 6 juillet 1854, il laissa de nouveau la Californie pour trouver
un bon chemin de San José à Albuquerque, ville du Nouveau-
Mexique. Il eut la bonne idée de rédiger un journal de son expédition, qui fut reproduit dans le *Missouri Republican* de St. Louis, le
26 septembre, puis traduit dans l'*Ere Nouvelle*, journal publié aux
Trois-Rivières et qui a passé depuis de vie à trépas. On y voit
qu'Aubry n'est pas un voyageur vulgaire, il parle de tout ce qu'il
voit en observateur expert et on ne croirait pas que l'homme doué
d'autant d'initiative, d'un jugement si sain et de connaissances aussi
étendues, n'ait reçu dans son jeune âge que quelques notions de
grammaire et d'arithmétique.

Voici ce journal de voyage qui servira à faire connaître et apprécier son auteur :

San Jose, Californie, 6 juillet 1854.

Nous quittons cette place aujourd'hui pour le Nouveau-Mexique, avec un parti de soixante hommes et équipés à une dépense d'environ quinze mille piastres. Le juge Ottero, M. Chavis, et M. Perer sont mes compagnons. L'objet de cette expédition est de tracer un chemin roulant de cette vallée à Albuquerque sur le côté nord nord de la Gila, dans la 35e parallèle de latitude, ou aussi près d'elle qu'il sera praticable.

22 juillet.—Aujourd'hui nous avons touché la rivière Mohave, après avoir traversé les montagnes du Coast Range près de San Juan, et la Sierra Nevada au Pas de Tejon. Le Pas, à travers le Coast Range, est bas et ne présente aucune difficulté pour un chemin de fer, et il peut être suivi au pied du Coast Mountain, très-facilement jusqu'à la Sierra Nevada, car il est de niveau partout. Les terres à l'ouest des lacs Tulare sont inférieures et ne seront jamais habitables. Il a fait excessivement chaud ; le thermomètre a 112 degrés à l'ombre.

Le Canon de Uves (ou Pas de Grape) est le plus bas passage dans la Sierra Nevada, et le meilleur pour un chemin de fer, et de là la route viendrait en droite ligne jusqu'à la rivière Mohave.

30 juillet.—Nous sommes arrivés aujourd'hui à la Rivière Colorado, au même endroit que l'année dernière. Nous avons fait le trajet de San Jose à la Sierra Nevada en dix jours, et de cette montagne à ici en huit jours, comptant seulement les jours de marche. Nous avons perdu du temps à chercher un passage pour pouvoir traverser cette rivière cinquante milles plus bas qu'ici ; nous n'avons point réussi. Le pays au sud est couvert de petites montagnes et de côteaux de sable. Cependant, je crois qu'il serait possible de trouver une bonne route en allant à l'est (quelques mots sont effacés) d'un point où la rivière Mohave tourne tout d'un coup au nord-est. Mais ce pays est aride et n'indique point d'eau. J'ai eu l'intention de le traverser, mais le juge Ottero s'y est opposé si fortement que j'ai abandonné mon projet.

Nous avons traîné notre bateau jusqu'ici sur un vagon sans la moindre difficulté, et une route ferrée peut se faire avec la plus grande facilité. Le terrain le plus propre à un chemin de fer ou à un chemin roulant, serait en partant du vieux passage espagnol, à douze milles de l'Agua Tiomeso, dans la direction nord-est jusqu'ici. Il y a une *vegas* très étendue à environ quarante milles au sud-ouest d'ici, qui sera d'un grand avantage aux voyageurs. On ne rencontre point de sable sur cette route.

La distance du Canon de Uvas à cette place-ci, n'est pas tout-àfait de 300 milles, et la distance entière de San Jose ne s'élève pas à 600 milles.

Les voyageurs pourraient aussi atteindre ce passage-ci en prenant le vieux sentier espagnol qui conduit à la Vegas Callatana, le laissant vers le nord et et en marchant 25 milles au sud-est. On trouve à moitié chemin des sources et de l'herbe en abondance.

Des observations récentes font voir que ce passage se trouve presque dans la latitude de 35¾ degrés, comme le Vegas Callatana n'est que de quelques minutes en dedans de 36 dégrés.

Nous avons trouvé la rivière Colorado environ 15 pds. plus basse que l'année dernière, et nous n'avons point eu de trouble à la passer. Quelle que basse qu'elle paraisse être, cependant, elle est encore navigable pour des steamboats de première classe ; l'on peut dire que c'est ici la tête de sa navigation, car il y a un *canon* juste en haut de nous. Il n'y a pas de doute que ce point deviendra un jour un lieu d'embarquement pour les habitants du Lac Salé.

31 juillet.—Nous avons traversé le Colorado en dix heures, sans pertes aucunes. Notre bateau allait admirablement bien sous la direction de Perca et de Chavis qui sont les meilleurs navigateurs du parti. Nous nous sommes arrêtés une demi-journée pour chercher de l'or sans grand succès. Nous en avons trouvé quelques petits morceaux dans le sable près de la rivière. Nos deux mineurs disent qu'il y a de bien meilleurs indices sur une petite montagne que nous avons traversée le lendemain près de la rivière.

1er. Août.—Nous avons fait vingt milles vers le sud-est, et nous avons traversé une petite montagne qui offre un bon passage : mais il y a de ce côté ci une quantité de coulées, de trois à quinze pieds de profondeur. Comme de raison, il n'y aurait pas grande difficulté à les aplanir pour un chemin de fer ou de roulage. Nous avons touché le Colorado là où il tourne au sud.

2 août.—Fait quinze milles à l'est, presque dans nos traces de l'année dernière. Pays plan et graveleux ; point de bois.

4 août.—Hier et aujourd'hui, nous avons fait cinquante milles vers le sud-ouest, dans la même vallée unie, qui est remplie de lacs et de sources de bonne eau ; il y a dans cette vallée un *plaza*, ou lac asséché, d'environ 25 milles de longueur et 10 de largeur.

Cette vallée ou prairie s'étend jusqu'a Zuni, mais comme elle fait un détour vers le sud et ensuite vers le nord il faudra trouver une route plus directe pour conduire au Del Norte.

On dirait que la présence de notre parti, qui est si considérable, a mis la confusion parmi les sauvages. Nous avons trouvé plusieurs *rancheries* qu'ils avaient abandonnés avec leurs récoltes qui consistent en melons d'eau, citrouilles et un peu de blé-d'inde. A d'autres places, ils ont laissé des arcs, des flèches, etc., etc. **Nos** hommes sont chagrins de ne pas avoir l'occasion de se venger du mauvais traitement que nous en avons reçu l'année dernière. Il nous serait absolument inutile de les poursuivre, car ils se sont retirés dans des montagnes raboteuses.

5 août.—Nous avons été arrêtés une demie journée à chercher un passage de niveau sur une hauteur égale et nous en avons trouvé un très plat de 100 à 200 verges de largeur. Nous avons fait deux milles vers le nord et huit vers l'est ; nous avons rencontré deux sources de bonne eau, beaucoup d'herbe et de bois.

Aujourd'hui Chavis, Perca, et quelques hommes ont rencontré un parti de sauvages, et ils ont échangé quelques coups de fusil.

6 août.—Fait 25 milles sur un terrain élevé et uni, abondamment couvert d'herbe et de bois. Nous avons vu du chevreuil et des antilopes, et trouvé de l'eau de pluie à plusieurs endroits.

7 août.—Fait 20 milles sur le même pays plan : trouvé de l'herbe, du bois et de l'eau en abondance. Nous avons traversé aujourd'hui plusieurs branches du *William's Fork* ou *Big Sandy*, et sommes campés à la tête de la principale. Je suis aller sur le haut du rocher élevé et j'ai pu reconnaître les montagnes de Garrotero, près de notre chemin de l'année dernière.

8 août.—Nous avons pris une direction Est, et avons passé le chemin du Lieut. Whipple au bout de trois milles. Nous continuâmes dans la même direction et au bout de dix milles nous rencontrâmes un bois fort épais de pin, de cèdre et de sapin, où nous fûmes retardés des heures sans pouvoir passer à travers ; il est impossible d'y passer à pied. En conséquence nous prîmes le sud et nous avons fait huit milles sur le chemin de Whipple.

9 août—Nous quittâmes le chemin de W. au nord, et marchâmes du côté de l'est. Nous passâmes près d'une vallée de 15 milles de largeur et de 20 de longueur ; nous en passâmes une autre de 10 milles de longueur et environ 7 ou 8 de largeur. Hier et aujourd'hui nous avons trouvé plusieurs sources de bonne eau.

Tout ce pays est pourvu d'herbe en abondance, et nous avons trouvé aujourd'hui assez de bois pour construire mille milles de chemin de fer ; les arbres ont d'un à quatre pieds de diamètre, et de cent à deux cents cinquante pieds de hauteur. Il y a des montagnes au nord et au sud de nous toutes couvertes de bois. Nous avons fait 20 milles à l'est et 15 au sud-est. Ce soir je suis allé sur le haut d'une montagne et j'ai découvert, d'après la formation du pays en avant de nous, qu'il doit y avoir une rivière à pas plus de 25 milles de notre camp ; ça peut être le Colorado Chiquito.

Le 10.—Nous avons fait 27 milles vers le nord-est et nous avons touché le Colorado Chiquito. Suivant un des hommes de Perca nous sommes vis-à-vis des villages des Moquis. Jusqu'à présent nous avons admirablement bien réussi dans le but de notre expédition, c. à. d., à trouver une route de roulage à cette place-ci ; et nous avons le champ clair de ce camp-à Zuni, car l'on peut suivre la vallée de cette rivière tout le long sans le moindre obstacle. Aujourd'hui le pays que nous avons parcouru est plus riche en bois et en herbe. Cette rivière a environ vingt verges de largeur et un pied et demi de profondeur. La vallée est étroite, couverte de gros foin et peu propre à la culture ; on y trouve quelques petits cotonniers sur les bords de la rivière.

Nous sommes venus du Grand Colorado ici, en neuf jours de marche ; distance, 225 milles.

Le 11.—Nous sommes arrivés aux chutes du Colorado Chiquito au bout de huit milles de marche, et nous fîmes 22 milles dans l'après-midi. Nous remontons la rivière dans une direction S. S. E. Nous avons découvert aujourd'hui que la distance peut être raccourcie de 30 à 40 milles en partant de notre camp du 7 courant dans une direction directe est pour venir tomber sur la rivière où nous sommes campés. Il faudrait laisser au nord une plus haute montagne couverte de beaux bois, et au sud quelques côteaux plats.

Le 12.—Avons fait 35 milles à l'est, le long de la rivière où nous avons trouvé des traces de vagon ; beaucoup d'herbe et de cotonniers.

Le 13.—Fait 25 milles à l'est sur la rive nord de la rivière, et deux milles le long d'un ruisseau venant de l'est. Aujourd'hui nous avons été sur des hauteurs et nous avons trouvé plusieurs gros arbres pétrifiés ; il y en avait un de six pieds de diamètre et de 250 pds. de longueur.

Ce matin nous avons vu la Sierra Blanca, et nous avons reconnu d'autres montagnes sur ma route de l'année dernière.

Le 14.—Fait 25 milles à l'est par un pays plan ; le sol est graveleux ; bonne herbe, quelques cèdres et sapins. Nous sommes à environ 15 milles au nord du Colorado Chiquito.

Le 16.—Fait 20 milles à l'est ; nous avons rencontré mon chemin de l'année dernière à 35 milles de Zuni ; nous le suivrons jusqu'à cette place, et ensuite nous prendrons le chemin roulant pour nous rendre au Del Norte.

XI

Aubry arriva à Santa-fé, le 20 août, et d'un air radieux il annonça à ses amis qu'il avait trouvé enfin la fameuse route pour aller en Californie qu'il cherchait depuis si longtemps. Tous s'empressèrent de lui souhaiter la bienvenue et de chaudes poignées de main furent échangées. Ils se rendirent ensuite au magasin de M. Mercure, un compatriote, qui a acquis une jolie fortune au Nouveau Mexique. [1]

Au nombre des personnes qui vinrent le saluer, il y avait le Major Richard H. Weightman, ci-devant paie-maître dans l'armée américaine, et qui fut l'un des deux premiers sénateurs délégués par le Nouveau-Mexique au Congrès des Etats-Unis. Weightman jalousait fort Aubry et il était, paraît-il, l'agent d'une puissante compagnie de chemin, qui voyait dans notre compatriote un rival aussi heureux que redoutable. De violentes attaques avaient été publiées sous son inspiration contre Aubry dans les journaux de St. Louis relativement à ses découvertes de routes. Celui-ci avait reçu les journaux où on le dénonçait, durant son voyage en Californie, et il avait hâté le règlement de ses affaires pour revenir immédiatement à Santa-fé, afin d'avoir des explications avec ceux qui le calomniaient d'une manière injurieuse. Bien qu'Aubry fût de dispositions paisibles, disait un journal de St. Louis, il ne pouvait endurer sans mot dire des imputations aussi injustes.

Aubry était d'habitude fort tempérant, mais lorsqu'il arrivait de ses longues courses, il aimait à réunir ses amis et à fêter son retour. C'est ce qui eut lieu chez M. Mercure. Mais au milieu de l'entrechoquement des verres, Weightman, qui avait ses déboires sur le cœur, provoqua Aubry avec des paroles acerbes. Celui-ci riposta vivement et lorsqu'eau-de-vie eut bien fermenté dans le cerveau de Weightman, on le vit mettre sa main dans sa poche d'habit en même temps que de l'autre il relevait son verre rempli de liqueur comme pour se l'ingurgiter. Aubry, qui comme les mexicains était toujours armé, [2] mit instinctivement la main sur son revolver pour se préparer à toute agression, mais au même instant, le lâche

---

1 M. Mercure est mort vers 1856.

2 Au Nouveau-Mexique, la plupart des habitants portent constamment des armes-à-feu. Le jour, la dague ou le revolver sont suspendus à leur ceinturo et ils les déposent la nuit sous leur oreiller. Le marchand qui sert ses pratiques a tout près de lui un revolver à six coups et l'avocat qui va plaider est armé jusqu'aux dents. Aux bals, aux danses et même à l'église, les Mexicains portent des armes-à-feu ; on dirait que leur vie est sans cesse en jeu.

Weightman aveuglait Aubry en lui jetant dans les yeux le contenu
de son verre et il lui lançait presque simultanément un coup de
poignard dans la poitrine. Aubry ne put repéter en se tournant
vers son ami Mercure que cette parole : " Je suis mort ! " Et il
tomba mortellement frappé par le poignard de l'assassin. [1]

Cette fin tragique causa une excitation indescriptible à Santa-fé
où Aubry était connu et aimé presque universellement. Le peuple
s'attroupa menaçant et voulait écharper l'insensé Weightman,
mais les troupes américaines arrivèrent aussitôt et parvinrent à
conduire l'assassin dans la prison de la ville. Le lendemain,
Weightman ayant cuvé son vin, on lui apprit qu'il était écroué
parce qu'il avait assassiné Aubry. Cette lugubre nouvelle le frappa
comme un coup de foudre, le vertige le saisit, il était fou ! Son
dérangement cérébral ne fit que s'aggraver et quelques jours après
il allait prendre place dans un asile des aliénés des Etats-Unis et,
deux ans après cette date funèbre, il y terminait sa malheureuse
existence.

Aubry fut inhumé dans le cimetière catholique et laissa des
regrets universels.

Mgr. Lamy, l'évêque dévoué de Santa fé, lui disait quelque temps
avant sa mort :

— Vous êtes riche, M. Aubry, vous devriez cesser à présent votre
vie aventureuse, car vous pouvez à chaque instant périr sous les
balles des sauvages.

— Ah ! non, Monseigneur, dit-il, j'ai déjà entendu siffler des milliers de ces projectiles, mais je m'en moque, ce ne sont pas les
balles des sauvages qui me tueront.

Il avait raison, la balle ne devait pas terminer sa vie accidentée,
mais le poignard d'un lâche major américain.

XII

La mort d'Aubry eut un douloureux retentissement à St. Louis
et dans presque tous les états, où la renommée aux cent voix avait
répandu son nom. Elle fit aussi beaucoup de sensation en Canada
et particulièrement aux Trois-Rivières en même temps qu'ellle
plongea dans le deuil sa respectable famille. Les journaux des

---

[1] Beaucoup de rapports contradictoires ont été répandus sur la mort d'Aubry.
Mais l'auteur a raison de croire que cette version est la seule authentique. Elle a
été fournie par M. Henri Mercure, frère de Joseph Mercure, qui a assisté à la fin
tragique d'Aubry et il en a relaté tous les détails à M. Senécal, lors de son voyage
au Canada, il y a trois ans.

Etats-Unis comme du Canada exprimèrent à l'envi leurs regrets et leur admiration pour les faits extraordinaires de cet homme, qui voulut avant tout, gravir les sommets élevés de la célébrité.

La *Western Review* disait que, "comme voyageur, Aubry a fait plus que des tours de force, il a rendu de véritables services au peuple américain en trouvant quelques-unes des meilleures routes à travers le continent. Aussi, son nom restera associé dans l'histoire géographique de l'Amérique du Nord à ceux de Marquette, Lasalle, Lewis, Clarke et Fremont."

Le *Courrier des Etats-Unis* était non moins élogieux : " M. Aubry a rendu plusieurs services à la science et surtout au corps topographique envoyé dans les Montagnes Rocheuses pour y tracer le futur chemin de fer interocéanique. C'est donc avec regret qu'on a appris la nouvelle de sa mort. Cette fin est d'autant plus triste qu'après avoir échappé à mille terribles et honorables dangers, M. Aubry est tombé inglorieusement sous le couteau d'un major Weightman, ex-représentant du Nouveau-Mexique au Congrès, avec lequel il s'était pris de querelle."

Le *St. Louis Democrat* demandait même qu'on élevât un monument à la mémoire d'Aubry. Voici en quels termes il s'exprimait : " M. Aubry était un homme marquant et il faisait honneur à son pays. Quoique jeune son nom était devenu fameux par ses exploits de voyage et ses explorations aventureuses. Il n'y avait que dix ans qu'il avait laissé la maison commerciale de Lamoureux et Blanchard, à St. Louis, c'est-a-dire neuf ans qu'il commença sa vie aventureuse dans les régions sauvages qui s'étendent entre le Mississipi et le Pacifique. Ses explorations ont beaucoup ajouté à la connaissance du pays et cela seul suffirait pour faire conserver son souvenir avec reconnaissance ; mais sa conduite intrépide au milieu des plus grands dangers, excite malgré nous notre plus haute admiration. Des monuments ont été élevés à des hommes bien inférieurs et moins renommés. Est-ce que St. Louis ne paiera pas un tribut de respect à sa mémoire ? "

Aubry était tellement en réputation à St. Louis que l'on donna son nom à trois magnifiques steamers dont l'un fesait le service entre cette ville et la Nouvelle Orléans ; l'un s'appelait Aubry I et les autres Aubry II et III.

En 1853, il envoyait à sa bonne mère son portrait daguerreotypé sur toile et qui est des plus ressemblants. L'expression de sa figure est vraiment chevaleresque, ses traits annoncent un homme calme, mais ferme et déterminé ; son front est large et bien arqué, son œil est vif et tout décèle une organisation supérieure au physique comme par l'intelligence. Il portait d'habitude une toilette fort négligée et, suivant le précepte de Franklin, il usait ses habits rapés, sans que ce fut pourtant dans un but économique.

Nous avons dit un mot de la libéralité d'Aubry : elle était sans bornes. Il secourait avec un infini plaisir les nécessiteux qui jamais ne lui tendaient la main en vain. On assure qu'il a donné plus de $12,000 à Mgr. Lamy, le remarquable évêque de Santa-fé, pour l'aider dans l'érection d'institutions catholiques et autres œuvres pies. Autant on met généralement d'ostentation à faire ces dons, autant Aubry récherchait l'ombre pour accomplir ces bonnes actions. Il fesait ces dons à la condition même qu'ils seraient tenus dans le secret. Aussi, ils nous seraient parfaitement inconnus, si des amis intimes n'avaient été à même de connaître ces faits dignes d'éloge.

Lors de sa mort, Aubry avait des valeurs au montant de $23,000 qui étaient déposées dans les banques de Santa-fé et St. Louis. Sa fortune était beaucoup plus considérable, mais ses agents lui ont soustrait une grande partie de l'argent qui devait revenir à sa famille. Mgr. Lamy a réussi à retirer les fonds que la mère d'Aubry a pu toucher, trois ou quatre ans après la mort de son illustre fils. En retour des procédés bienveillants du prélat, elle lui a laissé pendant un an ou deux la somme de $6000, que l'évêque a employée à construire un hopital et à l'achat d'un édifice qui a été converti en orphelinat ou en couvent. La pieuse heritière voyant que l'évêque employait à des œuvres religieuses la somme laissée entre ses mains n'a pas voulu en exiger d'intérêt.

En terminant ces pages à la mémoire d'Aubry, ajoutons qu'il est l'un de nos compatriotes qui ont le plus honoré le nom canadien à l'étranger. S'il n'eût pas disparu de la scène alors qu'à peine agé de trente ans, il était dans toute la vigueur de ses facultés, on pouvait espérer pour lui une carrière brillante, qui eût ajouté de nouveaux rayons à sa couronne.